引 力

引力诗丛

他们改变我的名字

李琬 著

长江文艺出版社

目 录

深歌 001

萨拉齐 002

在印厂车间度过的 004

陨星 006

读小说的人 009

冰凌 010

复仇 012

自然 014

天平 016

夏日 018

K Za Win 020

压路机 022

因为在静园旁边交谈而想到的 024

晨曦 026

郊野 029

交界 030

引力 032

五月 035

魔术 036

038 北四环

040 显影，314国道

043 小镇

044 献给女斗牛士玛丽·萨拉

046 屏风

048 春节

050 飞行记录

052 唿哨

054 集市

056 见证

058 讲述

060 晚春

063 昆明

064 雍和宫

066 自然物

068 "消极的能力"

070 到灯塔去

072 妮娜

074 穹顶

076 三姐

078 中学时期的集体旅行

079 周日

082 乘凉

084 堂倌

085 巴别

城市 088
赫尔辛格 090
火山云 092
浪潮 094
即兴 095
旅行的一日 098
十一月 100
田野 102
野鸭 105
友伴 106
在海边,克尔凯郭尔 107
零度 110
探戈 112
旅行家 114
早晨 116
农场 117
自我治疗 120
蜂鸟 122
老人 124
远日点 126
研讨会 128
芒果 129

深　歌

合适的词总是稀少，飘荡在
不相干的人群之间，
是湿雾的眼睛说出它，而非语法。

节日要到来了，歌唱和深夜却要分离。
好在马蹄跑得很慢，秩序继续摇晃，
灯笼的香味催熟生疏的芥末。

只有在这时，车窗外的景致销毁，
金子的嗓音将沙尘替代。
一小块命运，像还未谋面的博斯普鲁斯
来到我的手中，刚刚变得温暖，
反射着另一种时代的幽蓝。

是你的手让我想起石头，连接着
大地中长久的情绪，
已摆脱了我们，甚至它自身，
无数次变为泛滥的河流又裸露回去。

萨拉齐

这是些住在隔壁但从未到来的
真理,披着羊奶色头巾
在晨光浸透的灰尘中寻找零钱

在低处,空中降落的银色尖刀
停止了驱赶,屈服于地面的力
变得软弱,暗淡,和景观如此协调:

世界从上到下更换过了
但总有些梳毛厂,露出沉默、坚硬的铁锈牙齿
吸满搬运和开裂的声音

那些灰绿色桥洞和稀疏的叶子一样干干净净
少数上班的人从中穿过
步行,或骑自行车
把氧气输送到空白广告栏的单薄肺叶里

路过那些招牌,一切可被吞吃的字
让人想起,平日里在头脑中费力修剪、跨越的岛屿

有时候,它们拥挤得转不过身去,有时候你又很难找到

需要拜访的那扇白铁门
——把街道的背面和正面连接在一起

它们仿佛表明
不光明的事物将要持久
那些不能被别人夺走的
只是一些气喘吁吁的时间
像一个无法奥伏赫变的城市跟随着我

在印厂车间度过的

没人问过,我们如何为美而劳动?
这仿佛是令人羞愧的,我们为二者都感到歉疚。
但美的确要求着劳动,
还包含了隐匿的暴力和专横。

这符合郊区的心脏:纯粹,笔直,
像电线上的鸟,彼此相邻但并不纠缠地工作。
光线在阔大的车间里编织着人脸,
削减着多余的情绪,留下精确的表达
和一些超越自我的成就。

整洁从这些面孔和肢体的缝隙之间散发,
而结果的整洁,也不过是他们的延伸,
他们和美之间的直接性,
正是一个摄影师总是看见
市场小贩手中一条鱼的实体,而非看见一团扁形银色时的
那种直接性,提示着生存与必需,
一团空气
必需在囚犯陀思妥耶夫斯基脑中循环
以维持他生存、理智、不发疯的那种必需。

变化当然会到来，只是在重复中完成。
色彩加重的声音是我们把铁锈变为钻石
并送给未能见面的友人的声音，我们只有敲击
纸面的墙壁，才得知了对方的存在。

这时，物质还未被出生和毁弃，
只要一些轻柔湿气，微尘四散的力
就被固定在平面上，
它们在寂静的压强中紧紧团聚，
不断加深心智对辨别力的认识，
直到这些灰度的颗粒吸满了明亮的秩序，
再次从空洞的地面上站立起来。

在白杨的金色蓬松的叶片中
鼓胀，并反射着比人类情感更持久和丰富的
自然物的光辉。

陨　星

秋天带来暗示：
夜晚充满逝去的精神。

匆匆离开地铁，
我该努力关注
近处菜肴的知识：
怎样交叠又拉开距离。

想起心灵的本质，
像是一些辛勤的同伴
耕耘无人欣赏的远郊。

我打量陌生的车站，
这里曾有小商铺，托运站，
还有居所和时间，
更早的时候，或许还有舞女缝制旗帜并哭泣。

现在是窄窄的一束：
我们在不被允许的地方碰面，
细长的电波，还没到挥霍的时候。

尽管不再有剧烈的审判,
但也从没有坚固的邻居。

总之,在开阔的地带,
也要与卑污周旋。

理想,把那写满被浪费的电码的字条
递给我们。

特工还在旅馆窗外徘徊,打鼾与失眠。
高楼上平静睡眠的灯光
注视着房客起身,
穿上下一个新我——

你曾不同意这种消耗,
但小雨的街道默默反驳:
那些亮丽的生活已被抹去。
或许落叶的扫除也是一种建造。

我们并不孤立,
很快,我们就将在幽暗的折磨中

将爱的铁马掌钉牢,
把人的性质锻炼为新的陨星。

读小说的人

读小说时她想,最平凡的内心想法,
也是不可示人的。

她走进屋子,
那些彼此交谈的人群是那么疲倦
像是她自己的疲倦。

她摩挲着屋子里的物件,
直到发现,自己并不在那座屋子里,
这摩挲物件的手离开了身躯。

她和主人公一起消失,
但那屋子外面的生活,
也并不比此时骤然失去的感受更真实。

她再次想起他在事物阴影下说过的话,
他们拥抱的方式。
只有他的存在,为屋子划定了边界。

秋天已经来临。
她合上书页,吐出果核。
但没有果核的她就不完整。

冰　凌

在大型购物中心的门廊下面
拉丝尖头灯在下着
口吃的雨。

更多的凝结,模仿着
我们困难的转折,
掩埋一座不会复现的城池,其中曲折的小路。

我捕捉着哪里传来的
祈求般的倾诉;
星期六,忙碌的黑洞……神……你错了。

公园里的景色还未被创造;
此处世界,唯一值得的怜悯是让人付钱。
几个卖花的人贩卖未来瓶子,
你该接住它,迟早要融化的。

地下通道的萨克斯手
用俄国歌偷走其他声音:
每天只能喂养下一天,这就够了。

天空把箭镞射得太远!
哎,我只是赚取别人重复的
并且日渐减少的生命。

复 仇

他挂掉电话,暴怒而沉默,
将身边的情人吞没。
她不知为何这热情也含有恨意。

就像工人在应对无情的钟表时
只会更为冷酷地耗尽自己,
应对干旱:树放弃自身而化为大火。

使人钦佩。
如许多经典错误,人们明知故犯。

他们是怎样击打四周不可穿透的丝绒墙壁
想让黏合他们的力从身上散去,
但不能成功。

时间的灵薄狱
令其一面合紧,一面分离,
漫长的稀薄光线比致密的彗头更不可抵抗。

日子是失去视力者发明的栅栏,
是钳子、剪刀、螺丝刀的工具箱,

让人把生活完全接受下去。

但此刻,他们却在报复:
不得不一起吃早餐的客厅;
毫无变化的广播声;
随身携带的好人通讯录。

他突然为她留下明亮的夜晚:
一个无意义的头衔,无人使用的亲属称谓,
或对美食的赞美,甜言蜜语,养老的必要性。

所有这些无关宏旨的惩罚
怎样使人陷入悲惨境地。

但如果悲惨是无法消除的,
他们至少能待进同一个溃败,
所有称赞的字眼都比它更易碎。

自　然

或许辽阔的国土
也会在四十平方米的房间展现，
它此时是沙土。
窗外的色调，正渐渐融入梦中的末世，
把困厄分配进每一个账单。

许多珍宝在大地上失去主人，
无人继承。
日历翻动着，众多面孔
被画面里雷同的微笑涂抹。

你环视房间，理解了
熟悉和亲切，也意味着漠视、损耗和麻木。
心灵所需要的一切，都萦绕于此，如此稀少。

想到生命在枯萎，别无他法。
也许多年后，他们会发现珍珠，
在粗厚的废料和众多过时装饰下面，
藏着值得一提的事物。

那就是一切挣扎的核心。

或许以凹陷存在：枕头的中央，
木头的印痕，烟缸的凹槽，
因为脂肪而露出小坑的身体部位。

仿佛证明主人和万物的联系，
触痕与质地的联系。

这沉默紧紧地积聚、皱缩，只是在外面，
在他人的门槛前伸展。
在爱人的凝视前结晶。

无论在哪里，或如何迁移，
你都携带着它，比财产更持久的
四十平方米的沙土。

就像我们对自己所做的那样，
就像时代对回忆所做的那样。
喧哗会被喧哗替代，
而沉寂终究得到了保存。

天　平

走在生病的、狭长的公园，
我们把扔掉的石块又一颗颗拾起。
也许时间会装满无希望的天平。

黑暗打湿的衣服紧紧包裹我，
细长的河水是一个沉默男人手中
银光闪闪的钥匙。

想起许多告别了的同伴，
这些最后的人的地址，
仿佛发报机不会否认的指纹。

不远处，众多临水的不安的餐厅
又让我想起那些不会结束的幸福：
他们不在的地方，一切不过是
幕布中凹陷的舞台，不能抚摸或烧燃。

这里：只有我们。
在弓弦绷紧的两端之间
缓缓移动，交换着劳动剩余的
过于稀少的甜蜜。

一边是昏睡，一边是危险，
流浪汉在逃避命运……

夜空俯下身来咳嗽。
我开始担心，痛苦，落入你悄悄发白的铁线蕨丛……
不要向后看，也不要从弯曲的石桥踏入尽头。

没有熄灭的生命在巢穴周围阴燃。
如果没有足够的枝条，
那就每天衔来一些
被众人盲目浪费的浮木碎屑。

夏　日

你始终觉得有人在某处打量——
许多个无所事事的、酗酒的姑父从小卖铺里走出来，
扯开池塘麻木的胸襟。

青草迟早会点缀土地的伤口。
他们仿佛躺在调查表的空白处，
等你走神时发现
这一块块铁轨旁的石头，身上落满彩虹眼泪。

虽然你解释不了，但也不希望一个幽灵误解。
大概没人像你这样，深夜十二点洗盘子，
也没人着迷墙上一对钉子的距离——
像小巷时代，不能说话的伴侣：他周日到来，
天空萎缩成低垂的黑色雨伞。

到晚上，扰乱着你的人物会来聚会，
月亮是无声的发报机。
书页是地狱光滑的边沿，可爱的智慧在受苦。

谁曾陪伴过？
他们把荆棘光芒含在嘴里，而不大声说出。

他们从煤油中取出呼吸,把跌倒的生命
晾晒在鲸脊上……
你睡去,就跌入许多个被刺痛的软心。
这足够用来抵挡。

是什么把我固定在屋宇下面?
让一张桌子赞同我。

K Za Win

黑暗穿过你的脸
一个名字像是雨后下水道口旁的钱币
平凡，光辉，漫长与短暂

在二十一世纪慢慢上色的时候
心依然是一只不会成熟就已经腐烂的梨子
唯一懂得的是，美并非他们轻鄙描述那般脆弱

你说出了我们日益重叠的感受
尽管我们依靠着你，却并不知晓
无法再投入地设想任何幸福
痴迷与专注也变得遥远

这是因为无法不去想，不想到大地的倾斜
耗尽了大部分人的生活
虽然麻木，笨拙，在泥潭中深陷
可也没有忘记他们
没有人问过，他们的家人与朋友
为何只给世界留下诗与歌

稳固形状也变得混沌
一切都更稀少，不坚固的事物也正从脚下流逝
任何故事也不能再把他们救出

现在你也成了他们的一部分
没有任何财富可以相等
像不会减少也不会增加的风
深深埋入绵延的草籽

是你代替我们付出，死去
而不是做那正确但卑微的人，智慧却空洞的人

我们无法再简单地谈起爱
因为有太多的"我"，却不再有你
你的痛苦也全都是我们的姊妹

压路机

早晨从五点一刻开始,
铺路工人咳出白领的睡眠。

新鲜沥青比东面窗口更亮,
阳光不分种族与肤色地传播。

他们来回碾压,赤裸的明黄色压路机
仿佛因它身上的泥污而愈发无畏,
平行地、相反方向地行驶,
把他人生活的角落变成中心,
需要定期爆裂的、堵塞的黑色血管。

车头在追逐,缝隙在缩紧,
建设的需求无人撼动。

温热的黑色黏在鞋底,
路面显得湿润,却即将燃烧。

你唯一知道的是,你可以在巨大的烟尘中走动,
紧盯、等待、飞快绕道。

四周没有人散步,众人只是通过这里去往别处。
有人在路上一边制造污染,
一边丢掉自己的一部分,
被另一些人捡起。

我们被抬高了,在不大安全的位置上
怜惜脆裂砂石中看不见的昆虫羽翼。

十字路风向掉转,
杨絮的叫喊被淹没,白杨豆绿色
转化,闪烁,暗淡。

好吧,你见过了:不太鄙俗,也不太优美。
世界又阔大,又炎热,又不真实。
像隔着防蓝光眼镜看见的
电脑上忽然放大数倍的英文字。

怎样的光芒?怎样的黑暗?
虽然无用,我们却还是制造和粉饰它们,
费劲地弄懂每一天究竟有什么差别。

因为在静园旁边交谈而想到的

我默默打量着告别过的伙伴的面孔,
他们曾经天真的眼角
已经泛起皱纹。

这凝固了的生活,并不轻松:
毕竟,我见过一个女孩怎样变成松鼠,
从同类中消失;
几只喜鹊怎样偷听,把鳞叶
变成钢针,讨好假充威严的脊兽。

我也见过那些傲慢的,
终于互不理睬的争吵者
偷偷亲近着相同的书,相同的音乐。

我敲了敲门,但他们飞去了别处。
只剩下土地里混乱、愚昧的根须,
没人愿意理睬。

一些熟悉的旧人物经过:
只有酒后才能开起玩笑的人,
不眠不休的干部

一个在黄昏开阔的庭院里不断嘶叫的
不再年轻的学生——
他迟早化为深深的阴影，像被雨水冲刷的，
留在20世纪初画家笔触里的昏黑颜色。

我们对彼此是怎样漠不关心地
度过了热烈的时光？
那翻动"全"或"无"的手，
再次拨开众多命运的浮土。

潮水越来越沉重，挤压着
不可拥抱的、防波石一般的人——
在荒唐、残酷的海岸边缘，这些散漫而坚固的合力。

晨　曦

我们也很少拥有这样的郊外,
雪界,即使是人造的。
瓦斯般隐形飘浮的新闻纸,
白色背景之上若有若无的黑点。

多少是值得一试的。
汗水在结冰,人们把租来的沉重雪板
放在无差异的风景中。

摩擦,弯折,俯冲和跌倒的时刻
嘲讽了那些哭泣、辩论和号叫。
在急速行进中,仿佛是第一次注意
远处矮山上的北方植被那么稀薄,
但值得捍卫。

就这样,我们暂时和生活猎手瞄准的对象
拉远了一点距离。
我该继续学习你头发里的平整,
你手的灵巧,你们的整洁与亲密。

途中的紫红色云忽然变得巨大,

向你那借来的丰田刚刚喷过漆又刮开的车尾延展。
想起早上,一颗太阳
如何在后视镜的水雾上反光,
刺入温和的一切,忽然滑出、撞击。

从清晨就伴随而来的
懒洋洋的冷空气带来
更多平静而不疲倦的方法。

它包裹了我们,
那些流言、困窘、糟糕天气,
甚至与家族疏远背离,
都无法再制造任何颓废。

因为这一天的漫长车程恰恰是为了
在一扇熟悉的门前戛然而止,
在不够明亮也不太昏暗的公寓里
独居的暖色床单中
回忆那晨曦的闪烁。

听取路口菜市场的无声建议,

白日喧嚷在那地方留下的阴影。
垃圾，废水，脏小猫一样的阴影。

不需要广播和宣传语，甚至不需要交谈。
只需要一块抹布，擦亮，晾干。
那刚吞下的芥末粒和菠菜
古老的光明

郊　野

一年中最后的夏日，落在贫瘠和丰富的草地上。
果子掉落的迟缓，替代了鸽子啄食玉米的迟缓。
松针变得更轻，灰尘和雨水的距离也更近。
卖东西的人回家了，干枯的绣线菊
自己就能脱下王冠。

静物并不静，针线在铁盒里谈论主人
何时归来：她去了从前从未去过的地方，还未受伤，
她会将自己的恐惧驯服。
你带她来到河水和烟囱之间的黄光里，
你的灰烬会变成她新的皮肤。

白天，身体的绳结还没系紧，光亮还很微弱。
只有黑夜，把我们原本分开的手变成互相包扎的黑丝带。
天花板像折叠起来的方巾，被泪水打湿。
我们交替睡着，仿佛熏热的空气是蜇人的蜜蜂。
我们在离开城市的路上窒息，假装成刚刚相遇的另一对。

交　界

如果有人能看到这一切
他会发现傍晚在变慢
努力变得轻松的人们
像整理床单那样停车
只有拍照时才呼吸

很快，膨胀的海绵就要晒干
燕山也重新从杯底浮起
街头的人工景观
似乎一夜之间露出可怕缺口
它们渴望一个向上的手势，或被贬低的宣言

那个坐在批发市场门口的店主
像几块黄油堆砌成的
和她高楼上拂去灰尘的商品一起
在等待中不朽

路边的几个工人和雕像一起拔河
平分蔚蓝的重力
他们一说起关心的事，就交替跌倒
跌落口袋里没人想要的宝贝

渐渐地，我们也加入了攀爬郊野的队伍
观光梯田的石头，是加上了生命期限的荒漠
预言着过去的到来

你知道真实的历史总是这样不起眼地
被云的争辩带走，被黄昏大声总结
不用一个下午，随手摘下的那朵波斯菊
就忽然枯萎，在空气中跪出凹痕
而我们忙碌的步伐
终究只是环绕在它的巨大废墟外围

引　力

城市依旧是灰色的，但这并不妨碍世界
在某处蜕变为橙色和红色，
变成它自己的秋天。

狼群正跨越国土边界——它们所没有的边界，
皮毛上凝聚起水珠。

我忽然看到雨水也无法遮挡的明亮，
层层叠叠地落在心爱的物件之上。

物件，食物，可以吃掉的夜晚，可以磨碎的早晨。
我等到了友爱的到来。你澄澈的词
抹去我皮肤上的尘土。

这些蜡烛在我们之间的空隙里燃烧，
如果不经过它们，
我无法感觉到任何事物的压痕。
针叶与阔叶落在万物表面的压痕。
捕兽夹合上的一瞬。

寒季正穿上丝绒鞋靠近，把我们拉回屋子里，拥挤的寂静和空旷。

我们还有同一幢屋子，或许我们的思绪像是一些
厌氧生物，更喜欢在并非思考，而是沉迷和遗忘时
聚合，依赖彼此。

在黑暗中传递那些一开始
不起眼的预兆，分摊沉默的重压。

一个人邀请我读他悄悄动身的创作。
一个人在劳动中，把他周身的苛刻变成宽厚。
还有一个人让我看见，正直永远包含
对卑微的理解。

即便遥远，
我也能感觉到这些星座在微凉的空气中升起，
确认他们坚固的归属。
夏天的淤泥和植被离我而去，
总是更加轻盈的部分残留。

我开始明白，物件也只是我们能量核心的反射。

我想要热烈地爱那平和的人,
想要平淡地爱那热烈的人。

当我们深深陷入石头,
并不总是感到肌肉的痛苦。
世界不再淤塞,而是流淌进来,附着全部疲倦的意义。

在它们吸附着的中心,强大的引力闪烁,
我们只有很少的时候
真的来到这引力中间。

五 月

五月,我不再制造我自己了;
我们在一起烧柳絮,火焰跳着无害的舞步,
草地也不会突然烧起来。
湿润的空气
忽然变成一声感叹:这里就是最好的,
不用停下,你总会绕圈子回来,
这空地不是欢乐,也不是理想,
而是平静和无法增加的期待。

魔 术

你迟到,是因为刚从工地回来
习惯画图纸的手还沾满尘土,匆匆去卫生间洗净
我们都曾训练标准的英语,但只有你令它成年
看不见的钟锤仍在敲打,彻底逃出了学校
是否令多年后的见面更有底气

后来我们挽着手穿过那些梗塞的街道
来广场看一个波兰人,他即将用剪刀刺穿一位观众脱下的外套
主要是为了那些小孩子,可也是为了我们,让我们相信
——很久不见了——
人群发黑的影子,像铅笔涂上去的把戏

我们不仅看那变魔术的人,也看一个人怎么把这下午变走
头顶的空洞吸入那些沸腾的红茶烟雾
变深,再变浅,笼盖脂肪的空隙
自毕业后就没再和你一起进入世界,像现在这样
再次呼吸,露出发亮的鳍

现在他拿起剪刀,刺中外套并穿透,轻微的惊讶爆破在
把我们带回过去的空气里
偏旁散落在古董街上,卖不出去的银器和陶瓷

变得暴躁，不再安慰和我们一样肤色的麻木阔绰的客人
谦逊的问句在我们周围站得笔直
十个印巴血统侍应生身穿洁白制服
仿佛只是为了进入茶馆高悬的镜子，照亮我们精选的替身

虽然他表演得并不完美，但我们没有说出更容易的答案
外套完好无损，他露出轻松的笑
如果我们从这些下水道一样的地铁钻进去
会不会也有一只无辜的白兔跳出帽子？
有什么被我们的手臂挽起，曾经抵抗引力的手臂
成熟的、脱落了的一部分自己，连同身上的癖好、语言和国家
我感受着这重量，直到压碎
一点点风从蓝色的破裂的屏中吹来，吹起我们剪短的发梢
仿佛为了不带遗憾地证明，自食其力的日子值得

北四环

这才发现
我去过的街道全不记得。
为了拜访你,
我钻进这只黑暗的酒瓶,
让疲乏的影子
被小巷踢来踢去。

电梯像我们的喉咙
越来越窄,最后容不下
一个发炎的邻居。

他端着水盆微笑,
昏黄的马的影子投在墙壁上,
很像父母反复让我们提防的
那种贼。

难得的是夏末的傍晚,
互相念诗,念转世口诀,
也念出过季水果的价格。

为了度过不开灯的青年危机,

我们用瓷器和茶叶的香味
和看似凶恶的流浪狗开玩笑。

显影,314国道

我仍然活在你消失的目光背面
黑暗使人温暖
像是落地之前,视野变亮的一刻
几个本地人发笑,栗色头发的孩子刚刚醒来
我们突然理解城市的阔大,身体的阔大
这都比不上,因为无法多次折返
而显得无穷无尽的爱

我感知着你不再感知的那部分时间
像是用你留在我身上的掌纹
网住这潮湿大地的皮肤,骤然起皱的薄膜
每一天在太阳下面烧焦又冷却

屏住呼吸,也许能看得更清:照片从这里开始变得模糊
但不妨碍美为我们指出
那些往日的新奇之处,安于过时的命运
在烈日下远去的万千小巷变得更加自私、深阔
拒绝我们的文明和它的言辞
带灰尘的玻璃显出海绵般的弹性
堆积的杏子和标语变成一种颜色
空气闪过一排铁钩

宗教发明者也没有发现的那种光线
从整齐的骨头缝隙发出嘶叫
像是渴望回到它们曾经拥有过的
同一个身体、同一条河流——

过剩的光线和阴影缓解我们为其短暂而感到的痛苦
我们的语言也这样分岔、交汇
在长久冲击之下终于改道
累积为绿洲、盐碱地
为了不曾属于我们的财富而劳累终生

像是小镇上安静的婚礼
一个完全陌生的女孩梳我的头发
一个乞丐把看不见的钱币放进我的手里
他们引领我感受，仰起头祈求些什么的那种牵扯
他们改变我的名字，把它变成一些含混而粗硬的声响
用钥匙打开核桃的一瞬，也多么令人想起
蒙上双眼拆卸一支枪的时刻
——看起来我们凿出的洞穴还不够多
还不够容纳一个不需要勋章的人
用一年的时光练习一生的平静与克制——

他曾将那些货物紧紧捆扎
像被切开的山,互相包裹
在我需要回忆时,他就忽然站在我身后
把我带到贫穷和不公无法捕获他的地方
与我分抽一盒烟,与我再一次重复被赞美的"重复"
并被世界的劳役碾成蓝色的碎屑

小　镇

我又拉紧大衣。仿制羊皮的气味
突然升起，天空一动不动，
如高楼上的金光大字。

几个看完电影的人走出来了，
抱怨生活，也带着些炫耀。
他们邀请我去一家没人会去的饭馆，
手像睡梦那样，抓紧一扇大门又松开。

破裂的吻！日子逝去，
带着轻微的心慌、迷醉，但人们并没有因此
而互相依赖，只是在黑暗的间隙，
感受到啤酒、进口烟丝和高纬度夜晚
混合在一起才会产生的那种晕眩。

献给女斗牛士玛丽·萨拉

十几年前,你移动的身影搅乱我凝固的课后作业
21世纪初的虚幻和蠢动投在墙上
我为何仍然身在此处,如此安好而贫瘠
已经放弃天使,但并没有等来尘世

人们正在对这些项目失去耐心和兴趣
不再有人阻止一次性垃圾,谈论环保
一朝之间,最朴素的口号似乎也沾染了阶级
过时的媒体,过时的纪录电影
无法融入潮流的细节只会被回收

我忽然怀念那刚刚改建为停车场的露天影院
石凳和荒草在那里接受教育,也曾发出嘲笑
面目模糊的观众里,是否也藏着几个
我无法追踪的拍摄者,跨越意识的斑块和黑点
主动走进新闻从未带我们去过的恐惧

我多次揣摩你藏起的茨冈之心:简单的院子,几匹马
丈夫的陪伴练习使你成为男性
裁缝将全副精力贯注在你身上
你的袖口、肩线被精心修剪,如直视死神的视力

维系着一座纤细而强悍的小城

她在披风上印出你的名字
仿佛深知那几个字母会在某个下午
从野蛮中酝酿人类的成熟
像是金黄麦田里突然出现的圆圈
那是你技艺的领域，不在于站立，而在于跌倒
最终克服的并非异类，而是所有自我伤害的集合
用一次刺戳的姿势平息众人心中的恶
正如我们被修饰过的东方血管那样再次迸裂

哦，跌倒的天空布满闪光的鳞甲，
我是否也是某个过去的或未来的你，能用无数次理智训练
换来认鞍不认人的命运，助我跨过一瞬的软弱和迟疑？
你知道全部付出只是为了有限的未来
为了从万千崎岖的血肉中
选出一条平衡狂乱内心的中枢神经……

屏　风

火车再一次离开城市，
她干燥的核心下沉，陷入昏睡，
说故事人开始点起了灯。

是她，而不是身体中的隐形小人儿
想要切开这些肮脏小巷，开阔田野，
不会跳跃起飞的砖块、面条菜。

她挪动身体，安于沉睡的姿势，
天空的马刺在温热的皮肤上旋转
——划开帘布，只见伏案刺绣的小人儿
将轻如蚕颈的日夜悄悄紧勒。

哗啦！众多被浪费的麦粒散开，
小人儿也抛开了起承转合，不怕冷，
和她一起吃羊油扁豆，捻动细碎烟叶。

她闪光如桦叶，她做梦；
和窗外所有的犁沟那样领受
漫长呼啸的风；奢侈地错失
阳光的平稳、迅疾、无限；

像拒绝出生的婴孩,积攒起更大的爱——
因为真实,比口述和档案更真实,令人口渴

就连小人儿的雷霆与欢笑
也不再令她失眠,就连雪还没落下来的北方
也不会令她沮丧——细沙流动,
发出呼喊,渴望从那翻滚不息的幻象中
辨认黑暗带来的狂喜。

春 节

我发现已很久没有痴迷于
这些被延长的时刻了,当堂哥
端着茶杯,在院中观看闲逛的鹅,
仿佛宣布他已获得了理智、洗刷了耻辱,
又指向几块石碑,脑海中的五岳
为田野催眠,而修长的香蒲止不住地
摇晃虚幻的身体,当我们终于
被诱惑,触碰这些可修改的时间片段,
蒲棒立即裂开,白色绒毛跃起,
因风而克服自身,像细小的银河悄悄旋转,
分头寻找重力之源——
最深处是雄心壮志,坚固但难以辨认,
表层的理解则疏松、粗浅,
与他们所说的成熟完全不同。
像是在遥远的沿海城市,一整天
吃硬而冷的米,几个同伴以下坠的力
改变一座大楼。而现在
风又将幽魂吹回锈刀刃和辣椒籽中,
他感受着手掌和工具的清晰,
慢慢削荸荠的皮,把烛台移来移去。
这些不知从哪儿来的,萦绕着家宅的声响,

引领他割除蔓延无边的野草,由过去
每个年份的荒废留下来的。

飞行记录

早安,起飞途中的空气植物
我们坠毁过的地方还剩下一些
可辨认的痕迹,从高空看来
多么整齐:整齐地坐地铁,吐痰
扣好第一颗扣子又松开

我的朋友为逝去的地点
哭泣,想起尽管困难,但并非不可能
——一个人感受着奇妙的悬空
而他不只是一个人在感受
在天使最临近的一刻,祈祷他
不会从哈欠、寒颤和工资单中走失

也许他只是太疲倦
刚刚从所有监牢的硬床上醒来
或者把硬币投给路边沉默的乞丐
——他哑了,在内心唱一首不能唱的歌,
他为什么不说话?

并且他会不厌其烦地为我们描述
天气和甜点,缝补衬衫的法则

那些记不起来的安慰在泥地里闪耀
发芽,像秋天的昆明,花朵和蜗牛悄悄拥抱
不理会我们的孤独、自负、互不往来

他已经动身离去,这逃亡的消息
终究不会令你失望:六点钟的红色云朵
仿佛他在生活中登记的第一天
霞光轻轻包裹,被寒冬的粉色舌苔窒息
而他伸出手,告别那些红嘴鸥中最脆弱的一群

直到遥远星辰的光线突然来到我们面前
令人感到奇异的温暖:它非常微细
不可察觉,它确实是从那个
他为我们把死鸟血迹轻轻擦去的
像飞行一样明亮冰冷的下午散发出来的

唿 哨

第一秒的改变尚未发生，
因为很久都没有发生过了，
渐渐低沉的目光被灰尘概括，
等待多年却充满放弃。

直到一阵唿哨声，轮廓恍惚，
随随便便就穿云破雾。
下一秒才辨认这个具体的人，
踱步微湿沥青路，穿黑白花纹睡衣，
并不携带身份和缘由。

几个晚锻炼的人也小心起来，
害怕这腾空的一公顷
被任何有关自我的杂音占领。

或许为即将翻开的报纸感到无聊，
或许思索，如何引诱收拾碗筷的妻子。
他像乞丐那样抬起赤裸的手，
欣喜的意外渗漏出平庸的表面。

如巡视冬夜的土司，

喜鹊和乌鸫突然重现，
高声应和另一个季节，
另一个无法伪装但试图模仿的喉咙。

它们竭力精简的大脑
第一次接受了时间的阴影，
并确实感到了迷惑，
因为这男人漫不经心地
打唿哨，连同那大量的
没有发出这种呼唤的日子。

集　市

所到之处，都未找到
已经来到身边的你：高傲的黑羊
晶亮的天赋从黑暗中踱出

停止了蓄须和希望吗？
穿过围栏，赶往下一座伟大建筑
要做小巧的牲畜、有知识的风景区

那些谈论价格的老人
也想起了毫无意义的年轻
在深井中点燃，像枯草的名字
事先就认识你，英俊的黑眼睛

你看见我体内的动物跌入岔路的恐惧
嗅带刺的星星，流血的酸梅
更向往你往日的呼吸：在你还不理解人类的时候

只是在房顶，你让坚固之物松动
坍塌的前夕让人着迷
碎玻璃和腐败物带来温暖
垃圾也有珠宝的宁静

毫无价值的付出得到废墟的称赞

为何依旧凝视那些即将吃掉你的人
令肌肉战栗，而信仰不完整……
毕竟，是你紧闭的言辞，你的蛛网
让我从暴雨中辨别异乡人的门楣——

内心潮湿的园囿开始嘶叫
不再有人确信，杀掉它
是为了拯救心爱的生活

见　证

曾是在阿勒泰，在布尔津，金红色的盐在你身上
挖掘，寻找一种像发辫一样浓密、经得起歌唱的方言。
它们渐渐变得毫无价值，将你的肺部充满。

毫无预兆，血带有浆果的气味，
你像鸟儿那样伸开脖子，努力从空气里嗅出
神的诱饵：今天没有被说明，明天也没有。

你仍然试图理解冗长镜头中
袭击的一瞬：即使他们拿走了你的护照，
清空带有灰尘的、母语的瓶子，把雨水
分配给更干旱的遗忘。

当白亮气流像萨满那样拂过，你再次翻动
地层孤独、残缺的遗书，这些玻璃碴，
这些有黑色光芒的羊群构成了天空的熔岩
——事物的连接是粗糙、无法描述的。

只能感觉那种对于感觉的信任，你同样见过的
不会被熔岩穿透的词，草原的声带
攥紧，而且没有人会泄露：它确实出现过，它就像

刚刚,在河滩上,几个跨过黑暗的人私自通婚时所感受到的那种清冷的快乐。

讲　述

无需牢记口令；恰巧同路的人
一起转弯，等待，卷轴中的小人儿
被渐弱的音乐抻开。

天色静止于鸬鹚吞咽的一瞬。
步伐加重，体会几块发黑砖石间
被遗弃的芹叶曼妙裸裎。

你终将迎上它们，每个幽暗窗口
向市中心抛掷它的内脏，
茶和牛奶带走过于拥挤的生命。

相比之下，这城市的诸多巨眼
多么轻浮，你所不知的源泉与律法
晃动诸多不愿交出的根须。

彻底消融的机会也只有一次。
当你们坐下，而夜晚开始摩挲
它白天拧断的骨头——如果来得及，
如果有信仰，是否又会不同。

只是一遍遍问起，书中的金桃。
值得被记录，灿烂与真实？
四周所无，对视的姿态无从进入。

在概括的概括之后，
仍有散漫、不起劲的风，
依偎牢不可破的墙体，纤长白光
仿佛切开辽代。而他即将形成。

那虚无的巨大发音
令昴星团震动又平息。但他的言辞继续
在你不知痛楚的眉心上呼喊，
湿润而黏稠，像那种没有太阳的早上
混着污秽与虔诚的冰冷鱼血。

晚 春
——给 Q

声音引领我,准时醒来的是
看不清脸孔的小恶魔,写作
像前夜停在水岸,观看修长的黄菖蒲
燃烧,不知那叫作"希望"的灰烬
终究为坚毅的人降落——

幸福之必要?这四月没有什么
可以失去,洁净使人惊讶,雨水很少
更高亢的嗓音只会让丰富变为衰败

铁轨内仅剩的空气拧紧
你也必定熟悉的时刻,当我倚靠车厢壁
不给任何人写信,仿佛遗忘
对某种强烈存在的遗忘是多么短暂

宽阔的人群将接过痴迷,河流倾覆
路过的省份,闪耀的麦地驯服暴风
多么安宁,最轻小的声响使人心悸
想起石像的巨大光明,壁画上出神的尘埃
葱岭漫长的力可曾波及?

尽管,这类冥想无法重建长久的真理
来不及阻止一个地点的缓慢摧毁
于是具象,具象的美的隧道
更带来微惧:照片上静止的花冠
像灵敏的心颤抖,那催熟树籽的风
也在被抛弃的城镇喘息,掠过人造的壮景

——而爱是永久的缺乏,真正唯一的光线
令人焦虑、苦修与酣睡,漫游者仍然等待
如果在异乡,如果贝雅特丽齐像我们一样
饮酒,相信试错好过什么都不做

窄而霉的房间也再次盼望起久违的
来客:幸福,坐在礼拜堂前的凳上
一个珍藏的地址悄然腐蚀,像偶然的下午
苜蓿满山,梦再次袭击,不羞于透露它的孤寂

白昼是你的扁桃树,站立,蹒跚
如受伤的鸽子,令我重新渴望
简单的词,不会丢失的音调
带人们穿越众多歧路,正如琴弦

弥补缺憾：这臻于极境的迷茫世界
被你手边几条细细的小径取代

昆　明

无人应答的地点经过我们
姜撒得四处都是
像方言的叫喊
一种多余的生活来到嘴边

淋湿的黑色眼线，银耳环
融入张三李四的春火
像一个女人融入上世纪的男人
五点钟和六点钟粘在一起

但过去的光线仍在面部挣扎
几只鹅嚼着辣味的雨水问我
"这个名字，你可听说？"
铅字是那么安稳
在桉树下，按污水的谱子歌唱

我们是荆芥上的两个城市
辛苦贴近又相互分离
我们也没有耳朵
可以分辨她们从地层下偷出的火焰……

雍和宫

现在,胜负已决,黑暗完整,
如蒙茸、潮湿的蕨,钻出
地铁仅剩的空洞,再次进入
定期服药的耳朵,风的笼子震动,
金刚鹦鹉欢叫,流泪,
逝去的烟雾跳上跳下,看守
大洋上漂流而来的绝美之城。
有时疯狂而静谧,像白蜡般的奇观,
有时也了解风的清醒与渴意,
在一天中逼仄的顶点,胡同召唤
它遥远的兄弟——入场券
带来了明亮的异邦,乐手的年龄
必须耗尽,像杯中的西班牙小麦
封锁几片新晋的舌,扭动
它柔软、金黄的腰身——你惊呼,
这够不上万种的风情,不够好的
解决方案,低音的鲈鱼不会
闭目参禅,仍在与变凉的牛尾猜拳,
眼看内城的胃接近衰败,只能
扩大内需,加印防腐的荧光章,
替摇滚女青年的纤手按捺几种

无意识的怀疑。哦,脖颈的草莓
被数据的噪音捏碎,那动物
带血的足迹完成最后一种
无法处理的图案。你向我展示
健康与节制,为被俘的午夜
保留适度枯竭,当窗外的柿子树
自发摇曳,却收到四合院广告的提醒:
"你对于你的果实而言还不够成熟!"
都全无关系。即兴中的候选者
等待那漫长的信号灯变换,像催促
怎么也不会早点出发的双脊马
匍匐间超越众多埋葬的心。

自然物

整个下午,怎么也无法摆脱
这座旧庭院。绛色中的不安分,
像春雨前阴沉的欲望——
没有人将会改变,也没有人可以求援。

朦胧的老年在玻璃灯罩上摇曳,
地砖孵出潮气的歌舞。
尽管拔出身中的铁钉,
在昏昧的墙壁中絮语、交合,
也不能说出它。

是梦寐。不依附于荣誉或年代。
无关的住户走来走去,剥落的乳胶漆
窒息即将开口的鞋跟:中断的黄昏
像实验室内的过程
保持紧闭,鼓动吹破的旗。

踢踢踏踏地,推土机将重塑幻象的凌晨,
比你想象得更加温柔、低缓。
但燕子依然叽喳飞过,
从深埋的心中,带来丰满的树叶和沙子……

遥远地面的声音

也从来没有停止过!

"消极的能力"

季节的末尾,它们再次
投入多于一生的游戏。
不必感到辛劳,
因为死亡在雪中,如雪的气息
难以分辨——
放射的草籽会浸没柔软长尾,
纤细的坑道,滤下深厚光线。

机警的赤狐,并不会长久低着头
估测灰鼠们片刻的踪迹:尽管
在薄薄的冰层下面,细小移动
预言着芳香,猛扑,
如琴弓的火焰刮伤沉寂土地的母腹。

有时,错误的结果
更加迷人:灰鼠从缝隙中逃离,
像大部分记忆,连一个照面也没有。
但混合苔藓的冰絮
能进入血液最深的内部。

森林中繁多的事物多么擅长

互相引诱：野莓和野兔，破壳的幼鸟，
和猎手自身一样美丽，是风的侍祭，
永远消耗赤狐的欢愉。

但它皮毛之下的强大热度
会因疲倦而微微熄灭，
被另一种持续的观察取代——
不听，和听一样重要！
——当那静谧的双翅展开，
雪的碎舞也一齐中止，
仿佛为乌林鸮锐利的眼睛和耳朵
准确找到它唯一所需的。

到灯塔去

你给我写信时,我已在船上。
这不是第一次,
连银匙和面包也是借来的。

谁会相信我,
把证书和名字全都抛进海中?
我没有房间,只有很窄的床,
只喜欢那靠墙的一小半,
仿佛仍旧依偎着大陆。

留下的是为了风浪,
期待峡湾明亮的石蜡
为我吹来一颗彻底自由的星体。

但有时,也只剩下沙粒和氧气,
它们随处热恋的声音
像废墟上伸出的舌头,
使我们不由得闭上眼睛。

——或许爱中的错谬并非毁灭。
但如果另一些国度的女人们

仍代替我死去,那么到底什么是
成为我们的文明,
或你的一部分?

你也无法搬动庞大之物,
当鲸尾卷起船舷的香气,
这不可测量的清冷使我们睡着,
我们却不知道。

而光线是两匹相距遥远的野兽,
感官每次只能前进一点,
像快要被吞噬。

妮　娜

他建议，如果失去真实感
就应静下心来
描述是呼吸的第一个步骤

譬如今天
哈尔滨的太阳走得很快
墙上的日历像一沓秘密文件
烧毁在雪的烟斗里

远处的家继续忍受着
铁路和釉的辩论
我们的语言和体形也无法分辨了
夜的丝绸亵衣被十字戳乱
邻居们砸伤了我的眼睛

但我也要和他们一样休息
像你真正的儿子
我们并不喜欢的阴影
却是为我们而造

当我一个人打开炉子

没有憎恨的片刻
冻云被广播圣人扬手驱散
又在咖啡壶中骤然沸腾
仿佛恶龙的声音也拉远了距离

于是他复活
为餐桌吹起长笛
美丽的音乐和黄昏
任何寒冷也无法阻止
一个如此矛盾的乐器开口向你描述

穹　顶

对那时的绿色穹顶，闪光的正面
和街头纸箱里赛璐玢包裹的无尽灰尘……
我印象淡薄。

只记得那段上升的阶梯，
几个厌倦的游客像我一样
不知为什么停在半途。

我们接过数百年穹顶之下最狭窄的时刻。
轰响的乐句忽然塌落——
令我认出这段昏暗的楼梯
像凝缩了的亲切絮语，
像我遗失多年的哥特故事书，启示般地
铺开它不会终结的井。

我曾在其中通过角色和格言的本意
揣测一个真实。
而现在，是真实的繁复纹饰
引领我少时的遐想，
如同七岁时攀登长江中游的山顶，
陌生女孩牵起我手中怠惰的兴奋。

但有什么在吞噬章节间的轻快笑语?
那渗漏着白光的阶梯,
只有彼此看望黑暗的黑色视线使我们迷路,
在穿过了接骨木和荚蒾的风间,
绕着伤痛后复原的遗址。

三　姐

远在南国的三姐祝我生日快乐,
跟我说在他乡离了亲人,一定
照顾自己,我说仍能感到家人温暖,
仍可以通过一个孤立的夜晚
回忆你火焰般的绯红衬衫、长裙。
成年的我身量也和你相似,
却再没有那样的阳光供我穿在身上,
像一只手曾领我绕过虫豸的尸体,
认识蔷薇或众多碎片聚集的气味。
你在四十岁上又添了小女儿,我说
三姐好福气,你确实满意,世界
从最后恪守清洁的乡野转变为忙碌的一隅,
种子包蕴的生长,从未变为理解的狭隘。
我这个做小姨的有些惭愧,
侄儿拉的小提琴我只听过两天,
也没记住过他们生日。
我羡慕你和姐夫,结婚十六载
还能在餐厅投身游戏,用深吻换得好食物,
你也不在意那些微小的错音,
这是你一贯的美德:宽容体谅,从不首先
计较自己的得失,把儿女和丈夫

当作人间的礼物。想到这里，我又反常地
思念起你低柔的嗓音，雨后天晴的平原落日，
你拂去座椅上的水滴，带我见识非同寻常的
树林，万事闪耀野兔绒毛般的白光。
其实完成这些并不费力，少女拒绝听从，
但也学会了削梨子、忍耐孤寂、节制地同情。
父母身体尚佳，你不必担心，他们刚刚问起
我的学费、定金，一边搜索英镑汇率，
我琢磨着腾出一些空闲打理
还未出手的旧书、旧首饰，省下买衣的钱
坐车，去你早已熟悉的站台看一看
那些太近了的、我还不太理解的生息之地。

中学时期的集体旅行

你将要迟到,你跳上车
低声宣布
不同于某次考试的私人时刻表。

意外的是,同学们也从未互相提示
旅馆旁有果园,叶子的桡手
划进围墙上方钟爱的阴暗。

司机将两次绕过不佳路线,
他的口音陌生,呼唤被动的人
解决复杂事件。

你们没有去果园,
少数通道也变得涟漪般散漫。
毕竟,整个夏季像孤立的一天
那样令人昏沉。

剩下的,只需怀念一些好运的征兆,
或被荣誉所伤的危险。
它们正在带来
一个多么晴朗而漫长的中午。

周　日

某个人正从梯子上下来
一个人坐着
另一个躺卧
只有躺着的人能看见
天空的灰白桌布蒙住了起伏的鸢尾

谁也没有说话
敞开的窗户可以代表
为数不多的共同心绪
气流正涌向寝室，啄我们干燥的脸

景色在于对单纯的索取
但假如你往下看
没有人在花园里给我们晾晒干净床单
石头也不是海边，这不是一座
捏造的银盐记忆

它闻起来就像任何一个内陆的
暖风的下午，什么也不会发生
偷偷不午睡的孩童
将长久寄希望于绒鞋和袖扣

那就是我,从一家黑色的英国人那里
借用客人的名义,在水床上
看刮来刮去的云像霓虹灯下的羊
跳迪斯科,展示一些被低估的单词

直到最近,我才学习后悔
——不应与同类比较任何情感
应该不带计较地,原谅或认错
坐车去看望灌木火焰中
刚刚迷途知返的人

然而我们的选择对于这想要启示
却永远隐藏的天空,是重要的吗?
还是相反,是它主宰了我们心仪的图案?
风用黏糊糊的手指把匆匆撕毁的答信
再次拼好,并放弃了
说服任何人的权利……

这一切静止,那躺着的人翻了个身
像是掩饰
坐着的人已离去

另一个人回到梯子
而在某人想要说话之前
我们就为睡着的人轻轻关上灯

乘　凉

二十年前，我害怕停电的地方，
蚊虫和精怪故事共有一颗白色头颅，
只有失明时能看见。

但恐惧会成长，衰老，变成失望。
我不再急于改造这屋子，
因为上年纪的人不需要光亮，
我原谅他们逐一发明的旧习惯。

黑暗只是静电，从早到晚，
偶尔被婚礼和哭声遮盖。
它用灰尘的眼睛包围你，
你不得不成为它的一部分，
走进它浑身的雨，像不会结束的扑克游戏，
取下它颤抖的钩子，刺穿的食物，充满油脂的骨。

杀戮变得缓慢从容，
伯妈欣喜地准备着强健而瘦削的身体，
坐在竹椅上乘凉，冲开杯中豆浆，
用橙色的塑料杯和一只木筷，
像她拨动灶台的火焰。

那黝黑的火焰，
我让它加速旋转，却不能创造。
筷子也不再被用来招待客人和小鼠，
它有自己的喜好，赞颂大地喜好的东西，
它深深浸入，等浆汁变浓，让它浑身温暖。

她就像塑料杯一样新，像木筷一样旧。
她问起我刚刚开始的大学生活，
提醒我保持警惕，
向我约定下一个假期。

于是我们就坐在那里，
在夏夜的中央，平原迷雾的尽头，
重新把洗过的衣服晾起，
并等待神灵路过。

堂倌

风离开雕花的门扉时,
他仍静静地坐着,
什么也不用模仿,不担心
钩刺中少量的瞒骗
会令他丧失自由。
只是等着我们最终离去,
再接过杯子,
把年轻的灰烬轻轻扫除。

巴 别

1

混沌的傍晚在松软的毛衣里
织好了相认的神秘,
却因为破旧而一无所知。

黑暗初临,事物的边缘仍是光亮,
我们就坐在那边缘,
从彼此的面孔挑选清冷的旅途。

除了翻译,仍有更佳选择。
几缕不朽的烟雾迫近你自由的秘诀,
比所有理论更美。

2

那时,我笨拙地穿旗袍,
美术馆外是跨文化的炎热。
一个世纪的冗长令我们舌头疲倦,
渐渐不再相信语言的真意。

不如只看东方笔墨的交谈?
却并未获得与禅意同等的合力。
可能性在发酵,人们酣睡却不自知,
等时间抽丝剥茧或突然一跃,让孤独取胜。

我甚至只是想观看这些重复,
是否像杯底的冰块,短暂却不虚幻的理由。

3

但离去的不只是回忆,
而是我们自身的一部分。
我们寻找,像寻找一柄
在霾和风中闪烁的钥匙。

你就是这样一次次回到窗边,
那杂乱的诗集,缝隙里的寒暑,新鲜的咳嗽。
你照看一切,像修整一支卷烟那样
用偏见爱一个朋友。

为此,我剥开橘子,秋日的琐碎。

它们金色的租住也并不比我们的异乡更长。
泪水在每一间陋室赞美。

4

偶尔，命运旁观，让白雪落满
我们曾经独钓的世界之岸，
众多分歧在我们身上聚合成亲似。

没有原因。毕竟，除了诗，我反对结构，
即使最初挣脱的心灵面临危险。

道别时分，也不必为变幻的距离忧愁。
或许有更简洁的结构。
我们就是引力的两端，终要从寒冷的轨道归来。

城　市

雨前，据说我在最后一个梦中翻身两次，
流着汗，仿佛解除洪水曾缚在父亲身上的绳索。

北方天空抖颤的银箔烧痛我的幻觉，
我感到你母亲般的冷漠，
你敞开烟灰色的伤口等待我从片刻的阴暗中绽出。

这单性繁殖着的空间，我已深深嵌入，
而清晨的拐角和交通系统并不关心
我突然滑出的刹那。

我开始贴紧窗前的雨丝，那玻璃贮存着爆破，
我用眼睛刮开你的眼睛，一层层掀去光的组织，
你加速中的卷门、搁浅的墙壁、正在产卵的车灯……

直到我认不出你，或者你的任何碎片，
直到另一种更纯粹的雨落进我的惶然，
混合杯中的廉价咖啡和时间酵母；
落进我潮湿的起源般的书页，
揭露我渐渐发霉的过程和证据。

当我从理智咬啮的界线中重新醒来,
阳台上冷空气空无依傍,
只有那金银忍冬已高过铁皮车棚,
白色绒毛,细密的刺杀,像一种南方旋律。

你让我在这音乐里漫长地失去,并再一次丧失。

赫尔辛格

它意味着傍晚，永恒的傍晚，
头顶上方巨大紫蓝色的牡蛎
移去七月面纱的光。

我们围坐在火边，
让脚边的石块更冷，异国更广阔，
用一块汉语的冰。

想起那些海边街道，
烛台未点燃，昏暗的玻璃杯，成群空竹篮。
没有妻子们在玫瑰中修剪时代的葬礼。

也许我满意于停在此处。
囚牢开启和关闭，我的过去骤然静止。
似乎有许多种火焰，但全被"燃烧"混淆。

海鸥会绕着屋顶低声尖叫，
在思想的灯塔旁隐居。
而那些光滑的喙被水涂满，
沐浴而不沉浸，
没有缝隙却从不绑缚。

深夜,昨日的雨水回到窗口,
除了瑟瑟发抖,无事可做。
仿佛我曾多次穿过世界上的小镇,
却仍站立于时间之纯白。

火山云

有时,这让我惊讶,铁锈女王
你倚靠着洗脸池
专注于晚饭后的镜中敌手、水的流速
却没有看到对面楼顶的变化

人群的失望或乐观者的幽灵
聚积如从未出现的火山云
没有人知道,它何时出现

他们挖开学校,马路,林荫
在每一个冒烟的工地完成一小部分
最终堆出蝉蜕般的粉色喷泉

你毕竟足够小,似乎与它无关
正和心中的哈姆雷特辩论
一会昏暗,一会明亮
不超出走廊灯光的幅度
骨节伸向内衬和论文期限

但他们等待如此多年
就是为了熔化每一条道路

当你出门,复印店的臭氧将复仇舔干
路障和护栏会指导你戴上口罩
尘土被拦在外面
连同不重要的史料和心绪

手机新闻也不会展示比这更美的布景
云的鳞片上升,巨大章鱼般的肢体滚动
它枕着你十八平米的优雅
领奖时也不会冒犯长者的良好礼仪

它用你曾违背的一切赞许你
把你变成一部分清白的证词
在它的下面
不再有任何事物供我们摧毁和说出

浪　潮

那时站在海里，海浪要过来，
脚下的硬石如凹陷的双颊。
水加速震动，使我乐于把头埋进海水，
像数吨丝绒构成的巨鲸之腹，窒息被切分成
许多卑微个体隔开的小密室。

老朋友，总有一天，瞬间和决定
变得极为困难。
亲人问候的平安节，每天都是；
世界图像，在紧握的情人双手里冻僵。
还企求什么？你说你不再需要
充满负疚的生存，像珊瑚虫盲目的摇曳。
你一遍一遍诉说你的羞愧，那些被你反复伤害
却毫不察觉的人，特别是女人……

这么想没错，但你不该害怕这些水，
它们曾在梦中沉没每个贪恋幸福的小孩子！
你应该像我一样，原谅那让你害怕的
"没有掌握的、遮蔽的、迷乱的东西"。
它们建造了我们栖身的大陆架，颤抖，
像每次失眠时你手中的瓷杯托盘。

即 兴

那些未完成的夜晚
高处是灰尘漩涡
像浪漫派的海鸥耸起翅膀
亲吻过略高于尘世的额头就离去

晕船般的空气,摇晃你的面孔
我们并不是在无助的地方
并不是在知识和规律的尽头,这让人欣慰

对一个人言说总比对众人更难
你需要打断,你无心的小动作
像针一样穿过我埋首其中的线索
我白天爱过的那些呛鼻的表格和地图

我接过你手中的水,开始在朗读中抚摩
你渐渐变热的皮肤
你既是这一页,又是它的背面

你一语不发地改变我
提醒我与边界的距离
而我已走了这么远,从难以入睡的六岁

试着蜷缩在危险中
复刻我幼年对无所依赖之物的依赖

在灯光和你的注视里
我感到自身流逝
不擅长记忆,也无所谓退化
为何我的骨骼熟悉着它的形状
为何我的静脉变得清晰
而无意的血迹像我曾省略过的道歉

当我继续朗读
字词是烛焰最上面那一层
烧烫黑夜刚刚诞生的一部分触须
又迅速在个体的水中沉没

如果我曾分心,那就再重复一次
我可能有时遗漏了一些空白
可能是想到了先前道别的人
在错误面前略显惊惶的朋友
那每一种温柔的声音
他们重要,但不绝对

像羽毛的自然脱落
一些底片被再次冲印,海水重新卷来
我希望像水母一样窒息
将你的期待深深吸入肺部
风中潮湿的腥味浸满微小的肿块

面对尚未解决的问题
我的行动常有多个版本
我不确定哪一个
令你碰触它时感到更轻的痛楚

旅行的一日

醒来我就做好了消失的准备,
像墙上的一枚钉子无限远离
世界上的房间和争吵。

我从滑坠的平面取下亲人的蒺藜,
它们是小戒指,小绳子,
曾把失败者的手指固定在某处。

当我一个人吃早饭,
盘子和水流停止交谈。
唯一的神是我体内众多傅科摆,
我看不见,呼吸却加重了眩晕的幅度。

他们偶尔也出现在一片雨云下面,
对我小声说:看我快乐的脸。
注意你好人的坐姿和未来的户口。

我知道这一切或许是癔症。
但恐惧的魔法在于,
如果你想要某物消失,它就真的不再存在。

我将用成群纪念物烧光头发里的怀旧分子。
空气,一位人造的柑橘味警探跟随我外出,
向我揭示风景的残疾:
克里斯蒂安堡宫是空的,天鹅绒是腐朽的美人。
公园小河也是空的,奥菲利娅不在里面。

我最终走向某个偏僻的博物馆,
瓷器和黄铜在死去的现实里发出活人般的高音。
直到我推开一扇又一扇门,
最后一间是无人的盥洗室,
洛可可的装饰,比大厅更陈旧。

镜子就在贝壳形的白色水池上方,
它看着我进入,而在幽暗中,
那令人不安之物靠近。

十一月

一座陌生的医院。
冷漠正在结霜,离奇的雨水靡靡微微,
漫溢到了庄蝶之辨的转折年代。

我持久地坐着,似乎是候诊,
似乎想从一个晦涩的动机
感染为一种纯粹的理由。

久远的话音夹在无人听见的雨滴中,
有人讲起遥远乡村的清晨,
砧板上躺着猫叼来做礼物的小鼠……

那些私下治疗过我的事物渐渐扭曲。
有好几次,公正的交谈像玻璃器皿
在哭泣的手指间碎裂为愕然。

但窸窣之间,你就带来了更多的日子,
还有新年,以复数的臃肿权威
在楼下等待,像年老的刽子手对着失眠者站起。

我重新梦见失去过的:从未见到的画幅,

我所有的线条在不自主的痉挛中
与你产生一致。
双数,神秘的弯曲。下降。打湿。

瞬间凝冻。你知道雪从某处落下来了。
在幽暗的呼吸和桌沿之间,我坐在你旁边,
仿佛听见黎明的灰色上帝把柔软的面包
轻轻撕碎成荆条……
我无法解释,那掀动窗帘的手为何颤栗。

田　野

工作间歇在梯田边观看，
令人沮丧：无论哪个方向，
总有些事物在我的外面。

那就是我到访的 L 村，
十个夜晚和成群的小虫
从黏稠的黑暗打捞我的不安。

那就是后院的智障男孩，
他的母亲给我床铺，
他的姐妹隐藏起更多身世，
他的兄弟分配远方的幸存机会。

那地方我拥有十天，
每天和他吃同样的晚餐，
对荆芥、竹笋和苞谷酒表示感谢。

那十天里，为活人降落的雨水
分别淋湿我们，送葬的音乐
如语言的线绳被剪成单字。

当我尽力入睡或保持赞美，
他始终坐在后院，
面对十扇向他打开的门
切割蔬菜、花朵、无用的言辞，
切割女眷的哭声，一切柔软之物。

这尚未发出预言的石块，
早已听过我期待听到的，
早已相信我仍然怀疑的。

他为自己建造了自然，并居住其中。
他让我站立的河水刺痛，
逼近一种失败：
洁白的灵幡、歌谣的结构和半文盲的字符，
像眼前几条岔路，突然失去意义。

我不确定整理录音时，
你能否听见方言后面的嘈杂，
一些小改动、小语气，努力穿过唯一的生命习作。

我记住最后的风景，

群山像年老的心灵，融入公路的平面，
和我们伟大的真实一同消逝。

野　鸭

谢幕后
它们是大剧院上方蓝色的火
透过深夜的椭圆形玻璃升起

看到自然模仿的几何图形
她才记起遥远的路程
从虚假的渴望走向虚假的追忆

她想象成它们中的一员
在这些互相替换的个体之间
表演每一个演员

注视倒影的优美瞬间
她将在水中汇合
将水变回不透明
变成水本身
而不是孤立梦境的呈现
爱与死的反复

那个晚上
寒风重塑她外省的身体
将她的方向吹散为美的延迟

友　伴

我常和你走一段
难以理解的里程。

海面的石头打滑而我们
愿意承受分离的缓慢。

从起伏不定的气温里
剥开无用的火。

交谈平阔,如远处桌形山,
缝合引人发笑的裂谷。

并且你处处回过身
照料易碎之物。

小雨在上方,透过桂树筛落,
像爱中的矛盾或窘境,
不多也不少。

在海边,克尔凯郭尔

"为什么他需要上帝?人并不是牲畜。"
"你也可以放弃这假设。没有绝对,就不能负责。"
"绝对和自我的相认就像月食,大部分时候不会发生。"
"是的,每一条路都是歧途。"

克尔凯郭尔的信使也是。
K教授刚刚陷入第二次婚姻,
拒绝吸烟,坚持运动,
为火堆旁的我们分发滚烫的范畴。
在他四周,三位本地的诺恩女神不断发问;
物理系男生扬起巴洛克的嘴角,
仿佛神学术语不值一提;
阿尔巴尼亚的苏格拉底有暴君和顽童的面孔,
将虚拟的忏悔推入喜剧的王国。

尽管骑行六个小时,故乡景色依然新鲜。
他重新拾起木块,将它们劈开,
把众人争辩的杂线抻成坚定的消失点。
但后景是模糊的。
穿过高大的公园、海堤、季末的中产阶级设施,
你是否不再感到惋惜?

是否将全体外部的奶酪卷进了口腔?
虽然克尔凯郭尔不喜欢人群,但我们仍然坐着

橘色火光多么空洞
让人想起深夜地铁或者酒吧
眯起眼睛　那麦香味的面包和乳房
历史书的背面无不是印象派

唯一所做的是嘲讽。
自我:无止境的环节,生锈的簧片。
K教授谈起自己,也曾是一个萨特,
后来却吃惊于其盲目。
"每一天我都问和你同样的问题。
我的儿子现在总是对我说谎。"
他开始在幽暗湿滑的石头中步行,
继续偏移他自身,并一再说明:
"结婚还是不结婚,
接受荣誉还是蔑视一切,
这不会有所改变。"

我们意志太多以致失去选择。

绝望:大陆架下面,国际性脂肪在美的硬通货中燃烧。
于是撬开更多酒瓶并咀嚼薄饼干,
听它们在各国脸颊间发出情色的脆响,
任何瞬间不会比一部文艺电影更乏味。

现在它们混在了一起
我感到尚未完成
感到远人用烛火烘烤我变冷的四肢
不知道这是不是另一个
有关溺水和骨灰瓮的梦境

重要的事情像被漠视过的婴孩
我越是长久凝视　它就越是轻盈
而当我转过身去　它就再次沉重

也许来到这冰冷的国土是为了告别。
K,英俊而衰老,你额前灰色的鬈发。
一面现代的镜子,黑色,反光,停止了复制。
每个早晨,你为洁白的亚麻桌布留下新的折痕,
而布满阴云的海边风景离你的北美出生地更远。

零　度

我们送走一些死，
风却吹来太多无用之物。
远人和疾病，从陌生短信中
打听昨日。那是夏季，水的视力
还未变暗，我们刚上岸
烟草就变得潮湿，拯救被诘问的友谊。

而现在，你翻阅缺页的旧报刊，
仿佛减去了几分遗忘的艰辛。
你钻进大衣，用一颗纽扣缓释
傍晚七点钟的气温。
杂乱的自行车，像失去主人的思想
等待你灰色的辨认。

想想他，他们，还有历史的口吃。
风假装看不见我们的限度，
高处落满了枯萎，和虚荣。
多年后，这城市的夜晚
竟仍然像一段被慢慢翻译的疯狂……

你感到必须拉上窗帘，提前消失。

短暂的真理从脱脂牛奶中溢出,
不过是为了让你继续写下
每一个健康的字,这最轻的罪行
令冬天颤抖。这时,窗外的光线开始
在一小块脏冰上呼喊,像寻找离开的方式。

探 戈

1

四月,他早起,晚报被蔬菜打湿
天桥下弥漫肉体的臭味。
他警惕地避开,但这气味
像影子跟踪他,直到正午。

2

他吃米粉,辣椒使他大汗淋漓
正如多年前,他十六,炎热空气里
他突然对着人群跳起霹雳舞
在即将消失的巨大空间的入口。

3

灿烂的春天:一座半透明的监狱
像塑料盒里的汤汁,反射出生活的棕色。
阳光穿过,阳光是男人们看不见的死者
女人们看不见的神。

4

太阳已从西面对准马路。
人群在弹道里接吻，假寐，各自看守梦境。
他走进他们，他是他记忆的中线，分割
过去与未来：两间急速移动的囚室。

旅行家

当你坐错了车,
整个北欧都类似得如同工厂,
黄油的屋顶、树干和脑袋
从地平线上不断生产出来。

你就要继续迷路,拍照
或者和陌生人打招呼了。
直到一个流浪汉,
仿佛是窘迫地逼近星球的几何街区,
向你走来,甚至朝你说话。

他向你要一块钱。
他一开始是破坏,既而是增殖了
你训练过的风景。

一半是出于诚实的记忆,
一半是出于良好的道德,
你告诉他:没有现金。

他道歉,紧张地揉着
卷心菜般的裤边,

像一只海胆点着头向你说对不起。

当你再次坐上车,突然发现
书包里仍有许多硬币,
你将当时的感受追认为愧疚,
并在无人的车厢里沉默一会儿,
仿佛真的有"善"被藏起。

就像任何带有哲学或罪恶的事物,
他或许也是你幻想出来的,
连同他肮脏的脸、手和衣服,
如此真实,你甚至不知道
大量的言辞是否出于
紊乱的睡眠和太多咖啡因。

早　晨

"不能让光渗进来！"
地堡的导师嘱咐我们。年复一年，
我们把死蜥蜴的枯萎皮肤
剪成窗纸，贴在高处，
黑暗的甲胄是另一种教堂玫瑰窗。

不可能有人来审查我们。
但今年，地堡出现了新房间，
蜥蜴却不够用了。
"必须寻找新的。"可是
怎么也找不到，只有一条壁虎，
连它的舌头也是绿的。

我害怕我必须杀死它，害怕一切活着
而必须因我死去的事物，
因此突然惊醒，在汗水中，
绿色像一只壁虎从后面追上我。

农　场

我知道说"从无到有"的时候,
某种重量就被平衡过了。
但那时,还看不清
对面村落究竟承受什么负担。

那些在半途兴奋得跌下汽车的小兵,
拒绝说对方语言的人,
未曾预料到无名的自己也在修改
所有还未成形的道路。

是啊,我们和当地人一样吃惊,
不习惯汽车、康拜因和环形镇压器带来的
非自然的风声。

稀疏的植物正变得密集,
但很多年后我才明白
这并非创造。

每天擦亮太阳的时候,我想,
比起阴雨连绵的南方老家,
我们更懂得,怎样转化这光之燃料吗?

时间却多么不够用。
天山融水只在中午变得粗壮，宽阔。
我们更多是在人群中间忙碌，
换算，平息，教育。

像滚来滚去的豆子，
你永远无法把贫穷和偷窃截然分开，
后代也会很快就忘记团结和无私
多少来自强迫。

只有苜蓿是快乐、顽强的，它们理解
我们是多么沉浸于苏联玉米品种，
以至于忽视了那么多需要照料的生命。
也许我觉得，我有把握的最后一件事
就是反对不必要的骑兵……

毕竟，他们也遇到了关闭的山峦，
这些钢铁也在合理之外有一丝摇晃：
如何在未建成的桥梁
和被抛弃的花环之下呼吸？

太多的反省,
只是归纳了一个失去了意义的集体。
我们会在断开的地方相逢。

想想山鹰飞出的阴影,像快船一样勾勒
我们的徒劳,这些绒毯般的苍翠草地
会原谅我们对粮食的渴求。

也许我不会比昨天做得更好。
也许下一次,为了在悬崖上
完成一次简单而危险的测量,
我不会再和人争吵,
并总是先看一看和自己相反的方向。

自我治疗

"缓慢的,长期的……性格的
一部分。"世界不爱吃
我爱吃的果子。

这个年份有破破烂烂的睡眠
和精神分析,
朋友们暗暗交换
等待裁决的心得。

骗局里有鲜艳的真相,
居所紧紧裹住栖居者。
一些变暗了的呼叫正抓紧舷窗的边缘。

白发悄然出现,
杂草并不那样容易被清扫,
你也开始谅解他人和历史的无能为力。

大地上的物质仿佛因人口和战争
而愈发稀少、窘困。
人的情感在每个地方蒸发,
变成另一些无用的洪水。

我唯一的抱负,是创造未来的回忆。

一个偶尔与我一同醒来的人
把我削减到最节省的范围。
如果生产是欢喜的,那么丰盛的燃烧也是。
我宁愿是被用过的火柴,
有一些新的木刺、苔藓和茧
从被毁的身体再次长出。

蜂　鸟

众多领主的磁针
从荒无一物的萼片中醒来。

那些吞噬希望的器官
也被我们吞噬。

秋天如崭新镣车
降落在这些玫瑰色流放地。

我们自己也不知道的思想
把大地从几乎隐匿的腿脚下偷去。
我们从属于它。

悲伤在雨水的横纹绸中倾斜,
没有任何多余的奖励
让我们移开捕猎"必需"的目光。

标枪手汇聚在光线的多棱镜中,
仿佛在互相嘉许:
从没有屈服于静止的水平线。

我们凋谢，并进化成
无数种无法耗尽的蜡：
从挚爱的碎瓷心里燃烧。

老 人

亲人发来他周围的退休生活景片:
忽然浮现的南方飞进人们病弱的意识中。

那些遥远而清晰的名字,
它们必定对几个人如此重要但无人知晓,
像几张折痕很深的牌
安稳躺在所有人都需要的那张餐桌。

他们能清晰解释自己。
穿戴认真,没考虑过善恶,
那是躲过大话的刀尖后
领取的奖赏。

他们不让人听到发言之前的干咳声。
裁纸时不会弄出参差毛边。
而且的确曾有人倾听他们的不满。

也能把同居者当作陌生人,
而最亲近的是,他们彼此之间
构成了联系,而非选择和比较的那种东西。

我已丢失这能力，
没什么"幻灭"是我所不知晓的。
只是在梦里遇见那些不再更新的脸，
他们相信的道德无法用布道和成就换取。

这些远处的事物，这些已然陌生
但持久不衰的老家酒楼
反射着尚未崩溃的构成。
但我们真该为眼下的道路负责：那匆忙，冷落，
来不及掉头的漫不经心。

远日点

> "请不要给/这新的天空调音"
> ——策兰

你发来照片,光束越过唯一的实验程序,
橡胶手套、柑橘、废弃的电话机,
现在开始盯视我们的大肆挥霍。

不需要喜爱它,不需要走入它里面。
你说,只是无数次观看,
破碎的事物围绕一个更大的力量运转,
它们升起,忽而埋没,缝合我们粗糙无序的头脑。

下降,感官中狂奔的、醉酒的野兔,
从那不会再有潮汐和旋涡的垂直海面!
那照亮了苍白清晨的,也照亮深井上方
星星翻卷的灰烬,不懈的、对人类悲哀的克服。

偶尔,抬升的脖颈感到疲倦,
我惊讶于,你何以拔出时间的箭簇,改变语言的流逝,
令勇气倏然充满绝缘的甲片?

假如真能穿过地心,我想,也只能看见
你手中细小探针的阴影。
它优美地划着,在我已经失去的时间的镜面上
留下分散的刺痕,犹如我无数次对锁链发出的喊叫。

研讨会

当我开口,
蚁群便离开巢穴,
去桌子对面的身体搬运残余。

它们切开了体系,
为我钻进去偷听
一个不善经营的理论。

众多话语编织着我,
停顿在增多,
只有茶水能从容渡过
每个座位上的叛逆。

很快,我们就端起蜜茶,
散发出杏仁蛋糕的气味。
像我喜欢往不够冒犯的段落
添一些拿手的小戏法。

芒　果

那天我去见她，见一个姓名，
在她不去自习的周末。

她曾偶尔睡在我对面，
带着她遥远而庞大的省份
呼吸，窒息。

不只是沉默的室友，假装的邻居，
代替我们受到伤害的人。
她多于我们能理解的地域。
当她用计算题炮制黑夜的经济学，
她也同时幻想三种逃亡。

同一只狗从不同的铁门内嚎叫，
同一次考试在她不可见的时间里延迟。
而她走进厨房，端来芒果，
她像胯部宽阔的萨满，撑开租来的客厅。
桌面堆满上帝留下的单词卡片
和我很久没看过的图表。

众人为私人命运的女仆鼓掌。

母亲为她预备的疾病,像订婚蛋糕的奶油
在她身体里密谋。
但她无法移动,她长着苔藓的胃和脊椎
为自己分泌出大海,同龄的母鲸
漂浮在我们衰弱的想象中。

我希望她坐着。我希望她站着。
我不知哪只手代表正确。
广场歌曲从对面幽暗的窗口传来,
转述局外人的荒谬,
挽救我关于一只芒果的修辞。

她突然从我眼前取出黑色固态的思想,
那戴戒指的浮肿双手扼住我发霉的比喻。
我感到自身的危机,她在的地方,我不存在。
我不相似于任何人,也许包括我自己。

我匆匆离开时,她的母亲塞给我更多芒果。
现在,它们在我阴暗的床底,
像一群竞相比美的盲老鼠,
幸福的黄色光源开始败坏。

图书在版编目（CIP）数据

他们改变我的名字 / 李琬著.-- 武汉：长江文艺出版社，2023.3
ISBN 978-7-5702-2911-6

Ⅰ.①他… Ⅱ.①李… Ⅲ.①诗集－中国－当代 Ⅳ.①I227

中国版本图书馆CIP数据核字（2022）第170178号

他们改变我的名字
TAMEN GAIBIAN WODE MINGZI

责任编辑：谈 骁	责任校对：毛季慧
封面设计：山 川	责任印制：邱 莉　王光兴

出版：长江出版传媒　长江文艺出版社
地址：武汉市雄楚大街268号　　邮编：430070
发行：长江文艺出版社
http://www.cjlap.com
印刷：湖北新华印务有限公司

开本：880毫米×1230毫米　　1/32	印张：4.375　插页：4页
版次：2023年3月第1版	2023年3月第1次印刷
行数：2340行	

定价：52.00元

版权所有，盗版必究（举报电话：027—87679308　87679310）
（图书出现印装问题，本社负责调换）